KB124250

이보인 명상시집

맑은 하늘 둥근 달

홍제弘濟 이보인 시인은 대한민국 전라북도 김제에서 출생했다. 7살 되던 해 한국전쟁이 일어났다. 13살부터 태권도와 참선을 배웠다. 현재 태권도 공인 8단이다. 17살 때 모친과 사별 후 서양 심리학과 동양 심리학도 관심을 가지고 깊게 공부했다. 1964년 한국에서 요가를 처음으로 창립한 맴버다. 1966년 전북대학교 총학생회장으로 학생활동을 했고 1969년 경북대구에서 요가학원을 운영했다. 1972년 인도를 순례하며 요가도 수행했다. 1973년부터 수차례 일본 오끼 요가수도장에서 오끼요가와 자연의학을 연구했다. 일본 고마자와 대학원에서 3년간 불교의 선과 요가의 명상법을 비교 연구 수행하다가 미국에 건너 왔다. 1977년 말 미국 보스턴에서 여러 심리학자들 앞에 동양 심리학과 서양 심리학을 비교 강의했다. 1978년 보스턴에서 힐링 센터를 오픈한 후 카나다의 토론토 오타와 몬트리올 등지는 물론 미국 로스엔젤레스 샌프란시스코 뉴저지 뉴욕 마이애미 네팔 보스턴 등지에서 심신의 건강을 위한 세미나 컨벤션 강습 등을 개최했다. 1994년 뉴라이프 헬스센타를 오픈하고 인술을 펼치게 되었다. 1999년 중국 남경 중의대 객좌교수를 지냈으며, 1969년 『요가수행교본』(한글), 1970년 『요가교실』(한글), 1985년 『Wake Up! You Can Heal Yourelf』, 1994년 『The New Life Cancer Treatment』를 펴냈다. 현재 뉴라이프 헬스센타 원장으로 동서의학과 요가와 명상 등을 통합한 진료를 하고 있다. 마하야나 요가의 창시자이며 요가와 Zen 마스터로 활동하고 있다.

e-mail : lee.boin77@gmail.com

리토피아포에지 · 102
맑은 하늘 둥근 달

인쇄 2020. 3. 1 발행 2020. 3. 5
지은이 이보인 펴낸이 정기옥
펴낸곳 리토피아
출판등록 2006. 6. 15. 제2006-12호
주소 22162 인천 미추홀구 경인로 77
전화 032-883-5356 전송 032-891-5356
홈페이지 www.litopia21.com 전자우편 litopia@hanmail.net
ISBN-978-89-6412-129-0 03810
값 12,000원

이 도서의 국립중앙도서관 출판예정도서목록(CIP)은 서지정보유통지원시스템 홈페이지(http://seoji.nl.go.kr)와 국가자료종합목록 구축시스템(http://kolis-net.nl.go.kr)에서 이용하실 수 있습니다. (CIP제어번호 : CIP2020007408)

이보인 명상시집

맑은 하늘 둥근 달

리토피아
LITERATURE & UTOPIA

시인의 말

이것도 아니고
저것도 아닌데,

어떤 연유로 멈춤 없이
줄달음인가

봄바람 없이도
붉은 매화는 꽃문 활짝 열고

그 향기
백설을 적시지 않는가

놓아두시게
그대로 놓아두시게

문이 열릴 때까지

2019년 봄
홍제 이보인

차례

제3부 풀잎을 적시며

제1부

동녘에 붉은 해

오는 계절을

오는 계절을 내 부른 바 없지만
구름 걷힌 하늘은 높고 푸르네

나뭇잎은 귀향길에서 춤을 추고
흐르는 물은 맑아 노란빛 선명하네.

맑은 호수에

맑은 호수에 가지 드리운 버드나무
원앙과 어우러져 유연한 노래를 부르네

태풍이 불어와도 쉽게 끊어질 줄 모르고
바람 없이 물결 일어 한 시절 감아 도네.

님과 깊은 밤을

님과 깊은 밤을 꽃 피웠던 선담
만 가지 법이 하나로 돌아가는데

그 하나는 어디로 가는가?
나목의 잔가지에 밝은 달만 오가네.

서산에 해 질 무렵

서산에 해 질 무렵 구름도 붉게 물들고
나무가지 사이사이로 구름꽃이 피어있네

어둠이 찾아든 동산의 굽이진 오솔길은
낙엽이 높이 쌓여 산으로 가는 길을 막네.

며칠 전부터

며칠 전부터 조석으로 부는 바람 차다 싶더니
나무마다 곱고 고운 잎 매달아 법상을 차렸네

법사는 입을 다문 채 무상법문 삼매경인데
우리 모두는 어디에서 와서 어디로 가는가?

낮에는 해가

낮에는 해가 있고 밤에는 밝은 달이 있어
천지를 밝히며 그 혼은 만물을 생육하네

해와 달이 융합하는 것이 자연의 이치라
그 이치 합일되면 더 이상 바랄 게 있겠는가.

사람으로 태어나

사람으로 태어나 자신의 길에서
진지하게 미쳐볼 수 있다는 것은

참으로 바람직한 일이 아닌가
미쳐보지 않고는 아무 말도 하지 마소.

머리는 백발

머리는 백발이어도 마음은 젊다고
옛 어른들 말씀하곤 하시더니

창문을 두드리는 참새 소리에
졸던 낮잠에서 환하게 깨는구나.

높은 산은

높은 산은 묵묵히 서 있고
시냇물에는 조각구름 떠가네

한바탕 꿈길을 걷다가 깨어 돌아오니
뿌리 없는 나무에 붉은 꽃 피어 있네.

푸른 산은

푸른 산은 부처님의 법신이요
숲을 울리는 새들의 법문이라

밤새 비 내려 불어난 물소리 법문은
그 누구에게 전할 수 있으려나.

텅 빈 우주가

텅 빈 우주가 조사님들의 집이었네.
다만 홀로 앉아 밤공기를 가르는데

창공에 뜬 구름은 둥근 달을 놓고 가고
선향이 타오르니 우주가 잠을 깨네.

동녘에 붉은 해

동녘에 붉은 해가 솟아오르는 아침
구름꽃 흐느러져 하늘을 볼 수 없네

해와 구름은 한 곳에 머무름이 없으나
소소 영영한 하늘은 여전히 푸르다네.

산골짜기 계곡에

산골짜기 계곡에 놓인 징검다릿돌은
물소리 들으며 오랜 세월 제자리인데

산을 오르내리던 길손의 발자욱은
흔적이 없고 시냇물은 다만 흘러가네.

산은 스스로

산은 스스로 푸르고
계곡 물은 무심히 흐르네

이름 모를 새 한 마리 허공에
보이지 않는 한 획 흔적을 남기며.

하얀 서리 내린

하얀 서리 내린 아침 언덕에
들국화 하얀 얼굴 더욱 희다

장천長天 날아가는 외기러기
소리만 남긴 채 하늘을 비우네.

벗을 떠나보낸 후

벗을 떠나보낸 후 그 아쉬움
측백나무 난간에 머물고

가슴에 불 지핀 선의 향내음
동산의 고개를 넘고 있네.

얼굴만 예쁜 꽃은

—손녀에게

얼굴만 예쁜 꽃은 쉽게 빛을 잃고
벌과 나비도 쉽게 실망하지만

예쁜 꽃에 향기 짙은 꿈이 있다면
모두가 영원히 너를 사랑하리라.

본래 부처인

본래 부처인 자기 성품의 체득은
밝고 분명한 자신의 정견이라네

마음 작용과 그 전변마저 지멸해
자신을 초월한 존재의 심연이라네.

봄이면 새싹 돋아

봄이면 새싹 돋아 여름이면 꽃이 피고
가을이면 단풍 들어 겨울이면 눈 내리네

이치가 이와 같음이니 고향에 가려거든
짓거리 멈추고 허무 심연에도 빠지지 마오.

구름 사이 얼굴 내민

구름 사이 얼굴 내민 달은 반이 둥글고
눈가루 쓸어오는 바람은 백발을 스치네

구름 거친 하늘에 달빛 별빛이 선명한데
바람마저 멈추니 달빛 젖은 눈 고요하네.

동녘하늘 붉게

동녘하늘 붉게 물들이며 해 돋는 아침
창발을 올리고 맑은 하늘을 바라보네

새들과 갈매기의 여유로운 날갯짓 아래
대지와 지붕마다 하얀 눈 높게 쌓여있네.

눈뜨자마자

눈뜨자마자 닫혀진 창발 올린 후에
바라보는 창밖은 온 천지가 하얗네

분주하게 날던 들새들도 보이지 않고
측백나무에 하얀 눈만 가득 쌓여있네.

산과 바다를 넘어

산과 바다를 넘어온 흰머리 나그네
아집 법집 모두를 그저 놓아버린 채

죽음과 기적의 신비 체험을 뒤로하고
지금 여기에서 가벼운 미소 짓고 있네.

눈 오다가 비

눈 오다가 비 나리니 날씨는 찝찝한데
울타리에 켜켜이 쌓였던 눈 보이지 않네

문 닫고 앉은 방에 찬바람 들 리 없어
방안 화분의 화초 잎은 스스로 짓푸르네.

파도는 젖혀놓고

파도는 젖혀놓고 바다를 구함이여
구하고 찾는 마음 바람 되어 몰아치네

바닷바람 강할수록 파도 또한 높아지니
배를 띄워 고향 찾음이 어찌 쉽겠는가?

자신을 위함이

자신을 위함이 타를 위함이며
타를 위함은 자신을 위함 아닌가

마음의 바람*이 일어나기 전에
지금 여기 앉아 차나 한 잔 드시게.

* 마음의 작용.

무풍에 굴뚝 빠져나오는

무풍에 굴뚝 빠져나오는 하얀 연기는
멈추지 않고 위로만 곧게 솟아오르네

나무들 잔가지는 그저 요동을 모르고
뭉게구름 거친 하늘은 맑기만 하네.

철 따라 세찬 비바람

철 따라 세찬 비바람 잘도 견디어낸 나뭇잎
시절인연 빨간 춤사위 너울져 돌아온 고향집

스쳐간 일 버려둔 채 힘을 빼고 뜰에 누워
구름 걷힌 푸른 하늘을 무심으로 바라보네.

바닷가 맑은 물속

바닷가 맑은 물속에 잠긴 조약돌은
밀물 썰물에 서로 쓸고 갈고 닦이어

이끼 앉지 못한 얼굴 수면에 내밀고
누구도 듣지 못한 바닷소리를 전하네.

동 트는 아침

동 트는 아침 지팡이 짚고 산책길에 올랐네
뿌연 햇살과 새들의 조잘댐에 발걸음 멈췄지

아직 살아 자연과 더불어 숨을 쉬고 있다니
이 얼마나 큰 신과 불의 축복이며 영광인가.

심청이가 맑은 물을

심청이가 맑은 물을 그릇에 담아들고는
심봉사에게 물었다네. 이게 무엇이오?

심봉사 대답 없이 받아든 맑은 물 꿀컥꿀컥
심청은 입 다문 채 고개만 *끄떡끄떡* 했다네.

길을 걷는 나그네가

길을 걷는 나그네가 가난타 이르나
한 생각 넘고 보면 마음밭은 푸르네

가난타 여김은 짊어진 것 없음이나
본디 맑은 거울은 그 값을 따질 수 없네.

| 제2부 |

봄에는 꽃이 피고

산골짝 구비치며

산골짝 구비치며 흐르는 맑은 물에
나그네 마음 씻고 씻기어 영롱하네

스쳐가는 바람이 송향 가득 흩뿌리니
나무가지에 걸린 붉은 해가 빵긋 웃네.

산골짝에는 낙엽이

산골짝에는 낙엽이 수북이 쌓였는데
골짜기 흐르는 물은 그저 청량하구나

이파리 모두 놓아버려 빈 나무가지에
새들이 모여 앉아 법음을 전하고 있네.

봄에는 꽃이 피고

봄에는 꽃이 피고 여름에는 초목이 무성하고
가을에는 단풍이 붉고 겨울에는 눈이 내리네

눈을 활연히 뜨고 보면 모두가 좋은 시절이라
있는 그대로 보는 그대로 여기가 불국토라네.

맑고 잔잔한 바다에

맑고 잔잔한 바다에 바람이 불어
파도는 치솟고 물거품은 하얗네

맑은 유리바다는 어딘가로 사라져
태고의 심연을 엿 볼 수가 없네.

바람처럼 물처럼

바람처럼 물처럼 붙잡아도 떨친 채
오고 감이 없는 그 도리를 지켜보네

바람이 스쳐가는 골짜기의 시냇물은
예나 지금이나 변함없이 졸졸 흐르네.

지혜의 보살은

지혜의 보살은 무슨 일을 하더라도
자타 없는 깨달음의 길을 걸어가네

한 생각 스러져 없어짐마저 비어 있어
달이 바닷물을 뚫는 것과 다름이 없네.

허공 중에 우뚝

허공 중에 우뚝우뚝 솟아오른 산은
몇 만 겁 그대로 부처님의 법신이라

계곡에 흐르는 물이 반야를 설하네
졸졸~ 졸졸~ 졸졸~ 졸졸~ 졸졸~

하얗게 첫눈이

하얗게 첫눈이 휘날려 날이 저무는데
나목 난간 사이로 바람이 울고 가네

집 나간 참새들이 처마 밑으로 찾아들고
선창에는 어둑어둑 황혼이 깃들어 오네.

몇 만 겁 태허 속

몇 만 겁 태허 속 뿌리 없는 나무가
별빛 찬란한 새벽에 꽃향을 터트렸네

모든 대덕과 조사의 뜻을 묻지 말게나
숲속 산새들의 맑은 노래가 답이라네.

맑게 개인 가을

맑게 개인 가을 하늘 둥근달이
흔적도 없이 깊은 바다를 비추네

바람이 무심하게 눈썹을 스쳐가며
뱃머리에 계수나무향이 그윽하네.

시간은 시간을 통해

시간은 시간을 통해 시간을 초월하고
공간은 공간을 통해 공간을 초월하네

햇빛 달빛 본래 이 빛은 둘이 아님이라
해 지고 달이 뜨니 명상의 꽃 향기롭네.

마음 거울 영롱한

마음 거울 영롱한 빛 시방세계를 비추고
바람 잔잔한 맑은 바다에 청산이 떠 있네

목마가 구름을 타고 허공을 밭 갈던 족적
오고감에 걸림 없이 한 기틀 바꾸려 하네.

뒤뜰의 석등에

뒤뜰의 석등에 밤새 눈이 쌓여
그 키가 절반으로 줄어들더니

날 개인 맑은 하늘 아래서는
그 키가 눈에 띄게 자라고 있구나.

동산에 연일

동산에 연일 서릿바람이 불어대니
나뭇잎들이 곱게곱게 물들어가네

계곡 맑은 물은 적황색이 선명하고
송향 젖은 바람은 옷깃을 스쳐가네.

초승달 아래에서

초승달 아래에서 원숭이해를 맞이할 때
조각구름 달빛 따라 어디론가 가고 있네

은은한 달빛이 가슴속 깊이 스며들수록
새로운 해를 맞이하는 밤공기 소슬하네.

조각구름이 두둥실

조각구름이 두둥실 떠가는 가을하늘
태양은 색 바랜 나뭇잎에 머물러 있네

무심한 바람이 나뭇잎을 흔들며
조각구름은 나그네 옷깃 적시고 가네.

파아란 하늘에

파아란 하늘에 흰구름이 점점이 뜨고
뱃머리 부는 바람은 백발을 스쳐가네

산을 넘고 바다를 건너 귀항한 이 몸
구름에 갈 길을 물어볼 필요 있겠는가.

푸른 나뭇잎

푸른 나뭇잎 지나간 비에 씻기어
더위 가신 싱싱한 자태를 드러내고

둘도 없는 검정 머리 벗의 미소가
맑게 개인 들창을 잠시 기웃거리네.

오늘도 산은 여전히

오늘도 산은 여전히 제자리이건만
흐르는 물에 잠시 인연은 머물고

뿌리 없는 나무가지에 잠 깬 금꽃이
하늘을 쳐다보며 미소를 짓고 있네.

영롱한 금은보화

영롱한 금은보화 가득 찬 금고는
구멍이 맞지 않아 열지를 못하네

굳게 닫혀진 가슴 화알짝 열어보니
숨은 행복이 주루룩 쏟아져 나오네.

다만 자연스럽게

다만 자연스럽게 앉아있는 빈 방
생각과 생각 없음마저 비워진 창에

나뭇잎은 스스로 푸른 수를 놓고 가고
목마는 구름 타고 풍광에 밭을 가네.

항해를 마친 후

항해를 마친 후 항구에 정박한 배
뱃전의 바닷바람 고요하고 잔잔하다

맑은 하늘 둥근 달은 만상을 들춰내며
태고의 깊은 바다에 하얀 도장을 찍네.

우뚝 솟은 태산의
　—태일 스님을 그리며

우뚝 솟은 태산의 이마에 흰 구름 쉬어가고
계곡에 흐르는 물 예나제나 변함없이 차갑네

님은 어드메서 달 같은 미소를 짓고 계실까
이파리 진 나무 난간에 밝은 달이 떠오르네.

가지를 놓아버린

가지를 놓아버린 나뭇잎은 하늘을 날고
눈 속에 핀 붉은 매화는 항상 푸른 마음이네

해가 지면 달이 떠 만상을 밝게 들춰내니
가는 곳마다 고향집이라 선향을 방출하네.

가을 동산에 붉은

가을 동산에 붉은 나뭇잎 너울져 내리고
홀로 핀 들국화는 서리 내려 더욱 희네

길손이 나뭇잎과 들국화를 따지려 들면
하늘에 조각구름은 공연히 분주하구나.

잎 버린 나뭇가지

잎 버린 나뭇가지를 흔들고 간 바람이
동산의 오솔길을 말끔히 쓸어 놓았네

좁은 길 지팡이 짚고 산정에 올라보니
깊은 골짝 산머리에 흰 구름 머물러 있네.

해가 지니

해가 지니 서쪽 산 위에 초승달이 떠있고
조각구름은 달을 놓아둔 채 홀로 흘러가네

천공의 은은한 달빛이 가슴속 어둠을 밝히며
풀벌레들의 울음 속에 더 깊어가는 밤이어라.

심신탈락 지관타좌[*]

심신탈락 지관타좌 조동선의 선풍으로

도겐 선사는 말 하네 다만 그저 앉아라

깨달음도 초월하고 다만 그저 앉아라

좌선은 몸과 마음으로부터 떠나는 것이다.

* 중국 송나라 여정선사의 심인을 받은 도겐선사의 체험한 경지는 "심신탈락
"이다. 정법안장은 대승에 대한 입장으로, 스스로의 본래 면목을 꿰뚫어볼
수 있도록 "좌선"의 한 길로 매진하라고 한다. 그러나 지나친 노력은 역시
집착이며 깨달음에 대한 사념을 유발한다고.

향내음 번져있는

향내음 번져있는 사찰 유리문에
파리 한 마리 말없이 앉아 있네

단정한 자세로 흐트러짐 하나 없이
손 모은 채 노승의 법문 듣고 있네.

울긋불긋 고운 옷

울긋불긋 고운 옷을 입은 동산
추석 문턱의 운치가 상서롭구나

항상 오고 감은 멈춤이 없으나
현상의 본질에 변함이 있을손가.

잔잔한 바닷물

잔잔한 바닷물 곱디곱게 물들이며
붉은 해 얼굴을 내미는 새해 아침

하얀 물거품 몰고 오던 낮은 파도는
신발을 적신 뒤 깔깔대며 물러가네.

호숫가 길섶에

호숫가 길섶에 봄빛은 푸르고
버들가지 맑은 물에 잠겨드네

거센 바람 언덕을 쓸며 내려와
숱한 꽃잎 조각배를 띄우고 있네.

제3부

풀잎을 적시며

동산에 붉은 해가

동산에 붉은 해가 불끈 솟아오르니
풀섶의 하얀 서리가 섬광을 이루네

나무가지 놓아버린 고운 나뭇잎은
하나둘 고향집에 돌아와 쉬고 있네.

곱디곱게 색깔 바랜

곱디곱게 색깔 바랜 나뭇잎 곁에
잠시 머문 석양이 타오르듯 붉네

색깔 고운 낙엽이 내게 묻는 말이
우리 어디서 와서 어디로 가는가?

해가 지니

해가 지니 서쪽 산 위에 초승달이 뜨고
조각구름 달을 놓아둔 채 홀로 흘러가네

천공의 은은한 달빛 가슴속 어둠 밝히고
풀벌레들 울음 소리에 깊어가는 밤이어라.

탐냄 화냄

탐냄 화냄 그리고 어리석음 삼독이
사라질 때 업장 소멸은 당연히 가능하네

자신과 자기라는 마음이 맑게 비워지면
새소리 물소리 모두가 여래의 법문일세.

도가 있다는 산에

도가 있다는 산에 지팡이 집고 올라서
한 생각 스러지니 송향이 바람에 젖네

푸른 숲속의 새소리는 오묘한 법음이고
계곡 맑은 물은 무심히 바다로 흘러가네.

생로병사를

생로병사를 그 누가 거역하겠는가
고단한 몸 오늘 하루 쉴까 했지만

늙고 병들어 찾아온 인연이 있어
몸과 마음을 다해 그와 함께 하네.

지금 여기에

지금 여기에 끌어올 것이 있겠는가
과거를 끌어온들 과거가 아니라네

미래를 끌어온들 미래도 아니고
과거와 미래는 항상 지금 여기라네.

푸른 산 묵묵히

푸른 산 묵묵히 우뚝 솟아 있고
맑은 시냇물 뫼뿌리 감아도는데

말이 끊기고 한 생각 잠잠해지니
걷는 길이 곳곳마다 고향길일세!

벼갯가 두드리는

벼갯가 두드리는 성근 빗소리에
일어나 공연히 온 밤을 서성대네

아침 되어 놀랍게 불어난 개울물에
노란 나뭇잎 떠 자유롭게 흘러가네.

풀잎을 적시며

풀잎을 적시며 밤새 비가 내리니
측백 난간에 들새들이 날아드네

봄을 맞이하는 대자연 모두가
지금 여기에 맞물려 돌아가네.

한 조각 구름

한 조각 구름조차 없는 하늘 아래
바람 자니 뱃머리 물결은 잔잔하네

하늘에 맞닿아 있는 푸른 바다 위를
뿔이 없는 진흙소가 다만 걸어가네.

* 2000년 7월6일 보스턴 항구 뱃머리에서.

초목이 우거진 산골짝

초목이 우거진 산골짝 사잇길로
푸른 하늘에도 좁은 길이 뚫렸네

나뭇잎 노란 나비 훨훨 춤추며
지팡이에 앉을 듯이 스쳐 내리네.

지혜의 차원에서

지혜의 차원에서 바르게 본다면
모든 차별은 일시에 사라진다네

분별 의식은 사념의 산물이라서
사념 사라지면 차별도 사라진다네.

꽃각시와 평생을

꽃각시와 평생을 함께한 구도의 길
상과 이름 없고 없다는 것마저 없는

부처와 십자가 안방에 함께 모시고
시장에 나가 춤을 추자 약속했었네.

* 1962년 아내 백남례와의 언약.

하늘과 맞닿은

하늘과 맞닿은 빠알간 바다는
바람 자니 파도도 져 잔잔한데

해질녘 바다 구름 너무 곱다고
붉은 갈매기들 훨훨 춤을 추네.

우물을 파려면

우물을 파려면 갈증이 있기 전에 실행하고
건강할 때 미리 질병을 사유해 볼 일이네

강둑은 터지기 전에 잘 간수함이 최선이고
평화의 기반은 잔잔할 때 견고히 해야 하네.

찾고 찾는 그 길은

찾고 찾는 그 길은 마음의 가짓길이라
가면 갈수록 고향집과 멀어지네

마음 모습 하는 짓거리 이들 모두 아니고
홀로 멈춰보면 푸른 바닷소리가 들려오리.

이미 해는 저물어

이미 해는 저물어 동산은 어둑한데
나무기둥에 집을 짓는 딱따구리여

초지일관 집념 앞에 뚫려지는 구멍
마침내 사랑의 둥지 틀고야 말았구나.

물을 소가 마시면

물을 소가 마시면 좋은 우유를 만들고
같은 물도 뱀이 마시면 독을 만든다네

의사가 칼을 쥐면 소중한 목숨을 살리나
어린아이 칼을 쥐면 위험하기 짝이 없다네.

옳다 그르다

옳다 그르다 하고 시시비비 하는 자여
잘 잘못을 분별하는 주인은 그 누구인가

잔잔한 바다에 바람이 불면 파도가 일고
바람 그쳐 파도 지면 바다 밑이 드러나네.

구름 걷혀 맑은 알몸

구름 걷혀 맑은 알몸 드러낸 하늘 아래
빨강나비 노랑나비 노랑파랑 점박이 나비

옆으로 아래로 혹은 위로 훨훨 춤을 추는
법열경의 나비 단풍 몸으로 쓰는 법문일세.

백발 나그네의 옷깃에

백발 나그네의 옷깃에 스며든 찬바람이
하얀 들국화 위에 서리를 뿌려 놓았네

법당 문단속 소홀하면 도둑 들기 십상이라
야간 삼경에 바르게 앉아 호흡을 골라보네.

당신이 태어나 일백사 년

당신이 태어나 일백사 년 구도의 길
눈 속에 핀 매화는 항상 푸른 마음이네

달빛 사무치는 나무 아래 미소 짓는 그대
곳곳마다 고향집이라 선향이 넘쳐나네.

* 제자 푸리마Freema 104세 생일에.

어두운 길 등불

어두운 길 등불 비춰들고 마중에 나선 길
벌레들의 교향곡이 이슬에 흠뻑 젖은 밤

저 만치 골목길에 반짝이는 담뱃불 하나
반딧불인 양 어린 가슴 환히 밝혀 주었지.

특별휴가 끝내고

특별휴가 끝내고 그곳으로 돌아가면
중고차 서서히 몰며 불보살들 봉양하려네

아직 폐차처리 안 당했으니 얼마나 감사한가
이제 중도를 실천하며 이웃들과 함께 하려네.

구도의 길 걷고 있는

구도의 길 걷고 있는 나그네가 도를 물어
뜰 앞 매화나무를 손가락으로 가르켰네

한 생각 거둬들이며 비움마저 없다 하면
푸른 산골 냇물 소리 고향 소식 아니런가.

곱게 물든 산등성이

곱게 물든 산등성이를 넘어 해가 지니
맑은 하늘 둥근 달이 만상을 드러내네

계수나무 향 온 누리 적시는 이 밤에
온갖 티끌 사라지고 달은 밝게 빛나네.

햇볕 아래

햇볕 아래 나뭇잎은 계절을 익히고
푸른 숲속 새들은 시절을 노래하네

자연은 정물이나 무정물이나 모두가
이처럼 질서 속에 맞물려 돌아간다네.

나뭇잎이 흔들리는

나뭇잎이 흔들리는 난간에 불타는 석양
어째서 바람은 잠든 나뭇잎을 흔드는가

머리 돌려 멀리 푸른 밤하늘을 바라보니
북두칠성 반짝이고 둥근달이 떠 있네.

해 맑은 오후

해 맑은 오후 처마 끝 붙들고
주렁주렁 매달려 있는 고드름

섬광 일으키는 지붕 위 하얀 눈
이들은 둘이며 또 둘이 아니네.

좁은 골목 언덕바지

좁은 골목 언덕바지 아카시아꽃이
백설을 흩뿌리듯 밤길을 밝혀주고

이슬에 젖어 너울대는 감미로운 향은
검정머리 두 사람을 흠뻑 적셔 놓았지.

맑게 개인 하늘

맑은 하늘 둥근 달 밝기가 그지없고
밤공기를 가르며 계수나무향 뿌리네

비어있는 가슴에 옥토끼가 찾아들고
홀로 앉은 방에 계수나무 향 그윽하네.

바다에 떠 있는 동산은

바다에 떠 있는 동산은 말이 없고
밝은 달 심해를 비추나 혼적이 없네

만 가지 상을 보고 상이 없음 본다면
그대는 뭐라 이름할 수 있겠는가?

나를 붙들고

나를 붙들고 고향집 찾는다면
갈수록 더 가짓길로 빠져드네

제 때 놓아 버림이 자연법이라
본체는 붙들음을 허용치 않네.

창문으로 새어드는

창문으로 새어드는 낙엽 긁는 소리에
유리창 너머 뒷뜰로 눈길이 옮겨진다

흩어진 낙엽 긁고 있는 아내가 꽂히며
커다란 눈송이 하나 둘 떨어져 내린다.

연화대에 장엄히 앉은

연화대에 장엄히 앉은 약사여래께서는
바른손에 모든 중생을 위한 인을 짓고

왼손에는 신비한 약그릇을 받쳐들어
엷은 미소 띠며 자비실현을 내보이네.

맑은 하늘 둥근 달

맑은 하늘 둥근 달 가리키는데
달은 보지 않고 손가락만 바라보네

오색구름 위 부채로 얼굴 가린 신선
청풍이 쓸고 가면 그 얼굴 들어나리.

아무개야! 자기 이름

아무개야! 자기 이름 부르고
예! 자신이 대답하며 이르는 말씀

남의 말은 듣지 말게! 예!
반복하며 자기 이름 불렀네.

알을 품은 어미닭은
—줄탁동시

알을 품은 어미닭은 쪼아줄 시기를 기다리고
감나무 위 까치는 홍시 터트릴 때를 기다리네

알 속에서 톡 쪼으면 어미닭도 밖에서 탁 쪼아주고
병아리 태어나듯 스승과 제자도 밝은 눈을 뜬다네.

* 줄탁동시 : 닭과 알속 병아리 톡탁 일치된 행동.

온갖 꽃들이

온갖 꽃들이 꽃문 여는 사연을
그대는 바르게 알고 계시는가

크기 색깔 모양이 다르며 같은
꽃문 열어 텅 빈 충만 들어보이네.

진아는 무엇인가

진아는 무엇인가 말과 글자 뛰어넘어
침묵 속에 바르게 내면을 관해 본다면

눈이 밝아질 일이 필시 일어나고
나의 본 성품을 보는 것이 깨우침이라네.

마음과 얼굴

마음과 얼굴 언어와 글을 뛰어넘어
본래 진면목을 확연히 내 보이시게

생각하면 생각할수록 오리무중 되고
온누리에 가득 한 물건도 없음이네.

우리 인생 풀잎 끝

우리 인생 풀잎 끝 이슬처럼 빠르나
천년을 사는 양 요란하기 짝이 없네

인생이 헛되지 않으려면 현생에서
진공묘유 가봐야 당연치 않겠는가?

소머리 사라지니

소머리 사라지니 말머리 번쩍하고
마음 얼굴 간데없이 청산은 그대로네

귀청 터지는 허공의 고함 자취 감추니
바다 속 꽂아있는 쇠 지팡이에 꽃이 피네.

하얀 눈이

하얀 눈이 간 밤 무릎 넘게 온통 세상을 뒤덮었네

쌓인 눈에 시위 당긴 활인 양 나뭇가지는 굽어지고

무대 뒤 몸 숨긴 법사는 입 다물고 하얀 소식 전하네.

뒤뜰에 푸르던

뒤뜰에 푸르던 나뭇잎 밤새 변색이 확연하네

현상세계의 모든 것은 매 순간순간 변해가고

인연 따라온 것들 모두 그 인연 다해 간다네.

어떤 대답이 가능한가

어떤 대답이 가능한가 오직 침묵만이 남아 있고

질문 대답 사라지면 초월 차원의 문이 열리네

나는 누구인가? 설명을 모르면 다만 모를 뿐.

창발을 올리면

창발을 올리면 울타리 곁으로 눈길이 가네

절기는 춘분인데 봄의 전령은 볼 수가 없고

개나리 꽃등에 실려올 봄은 지금 어디쯤일까.

조각구름이

조각구름이 하늘에 반달을 놓고 가네

반달은 둥근 달과 자신을 비교하지 않고

자기 갈 길 따로 있어 떠 있다 사라지네.

본래 공_空 한 길

본래 공_空 한 길 걸어온 백발 나그네

산을 넘고 물을 건너 찾아든 고향집

파란 하늘 구름 한 점 유유히 떠가네.

백목련은 지고

백목련은 지고 개나리가 피어있네

그동안 집안에서 삼동을 보낸 터라

산책길 꽃과 나무들 반갑게 다가오네.

한가위 둥근 달

한가위 둥근 달 달빛 밝아 만상을 들춰내네

온갖 소망 들어주고 흠뻑 미소 띤 얼굴로

온 누리에 계수나무 향 끝없이 뿌리고 있네.

해 돋는 아침 창밖에

해 돋는 아침 창밖에 무심히 시선이 멈춰졌네

손짓 하던 푸른 나뭇잎 석양 아래 다시 보니

어느 사이 나뭇잎은 누런빛으로 변해 있네.

동자승 눈썹인 듯

동자승 눈썹인 듯 초승달 앙상한 가지에 걸렸었지

오늘은 창밖을 아무리 살펴보아도 그 달이 없네

나무가지마다 하얀눈 소복이 쌓여 밤을 밝히고 있네.

나뭇잎 떠는 소리

나뭇잎 떠는 소리 새들의 노랫소리

모두가 참으로 아름답기 그지없어라

다만 궁극眞如의 반사체이기 때문이라네.

이 몸은 조각구름과

이 몸은 조각구름과 더불어 여기 왔네

나그네의 마음아, 달 따라 어디로 가는가

　가고 오는 것은 달과 구름일 뿐 우리의 본질 오고감
초월해 있네.

고요히 앉은 방에

고요히 앉은 방에 들숨날숨 깃털 같고
부모 미 생전 소식 번쩍 잠을 깨우네

마음의 바람과 꿈결마저 사라지니
본래면목 그 자리 둥지에 있었다네.

바다와 맞닿은 하늘에

바다와 맞닿은 하늘에 하얀 뭉게구름 유유하다

물살 가르는 배 따라 하얀 갈매기 앞만 보고 나네.

뒤뜰의 삼척 단신

뒤뜰의 삼척 단신 석등이 해질녘 긴 그림자 밟고 있네

사철 변하는 모든 것을 무심한 눈으로 바라보고 있네.

바람이 일지 않는

바람이 일지 않는 바다 뱃머리 물결이 잔잔하니

둥근 달이 바닷물 깊숙이 허연 도장을 찍는구나.

동굴 속 칠흑 같은

동굴 속 칠흑 같은 어둠이 반딧불 하나로 사라지네

바다에 이는 높은 파도는 바람이 멈춰도 그대로일까.

동산을 뒤덮은 나뭇잎

동산을 뒤덮은 나뭇잎이 울긋불긋 곱기도 하다

하늘엔 흰구름 꽃구름 그 본질 다름이 있겠는가.

창공을 스치는 바람

창공을 스치는 바람은 그물에도 걸림이 없고

모양에 고집 없는 물은 인연 따라 상을 바꾸네.

부드럽고 강한 나무는

부드럽고 강한 나무는 태풍에도 잘 끊어지지 않고

꾸준히 흐르는 시냇물은 바다에 당도하게 된다네.

인간이 물이라 하는

인간이 물이라 하는 것을 물고기는 집이라 말하고

천사는 유리거울이라 말하며 악귀는 피라 말한다네.

* 선가에서 정견하라 이르는 말.

맑은 하늘 초승달은

맑은 하늘 초승달은 영롱한 별빛과 화합을 이루고

벌레소리 아득히 푸른 밤 온갖 것이 옛길과 통하네.

제5부

이것은 무엇인가

자비 방편의 천직

자비 방편의 천직으로 나다 남이다 구별이 없이

한 길 걸어온 평생, 머리는 하얀데 마음은 푸르네.

번갯불이 천공을

번갯불이 천공을 가르면 천둥소리가 요란하네

풀끝에 맺힌 이슬처럼 우리는 빈손으로 가야 하네.

무심히 눈 돌려

무심히 눈 돌려 본 뜨락에 석양이 한가롭구나

낙엽 뒹구는 울타리 곁 이름 모를 꽃 피어있네.

동산에 서릿바람

동산에 서릿바람 불어 나비단풍 훨훨 춤을 추네

자유자재 법열경의 몸짓 붙든 것 놓아 버리라네.

높고 청명한 하늘

높고 청명한 하늘 아래 조각구름이 떠가네

하늬바람 스치자마자 안과 밖이 영롱해지네.

서산으로 해가 지니

서산으로 해가 지니 밤하늘에 곧 달이 뜨네

측백 난간 달빛 젖어 벌레소리 밤은 깊어가네.

동쪽 하늘에 떠있는

동쪽 하늘에 떠있는 둥근달 밝은 빛 만상을 드러내고

계수나무 열매 여문 향기는 온 누리에 너울져 내리네.

파도 일렁이던 바다

파도 일렁이던 바다 바람이 멈춰 잔잔하다

뱃머리 가득한 달빛을 누구에게 전할 건가.

아집이 소멸되고

아집이 소멸되고 법집도 사라진 후에

불변이 항상이라면 오고감이 또 있겠는가.

날개를 접고 쉬는

날개를 접고 쉬는 새는 지금 여기를 즐길 줄 알며

하늘 나는 새는 튼튼한 날개 있어 뒤돌아보지 않네.

* 둘째 손자 졸업식에.

총은 보호의 무기가

총은 보호의 무기가 되기도 하네
눈총은 총보다 더 위험할 수도 있지

총은 보통 육체에 치명적일 수 있지만
눈총은 영혼까지 무너뜨릴 수도 있다네

눈총을 부드러운 눈길로 바꾸게 되면
우리 모두가 건강하고 평화로워진다네.

삶이라 해서

삶이라 해서 연연해 할 것 없고
죽음이라 해서 버릴 것도 아니네

크나큰 허공 중에 오고 가는 것일 뿐
생은 인과 연에 의해 나타난 현상이고

죽음은 무심코 한 기틀이 바뀜이니
바뀐 그 기틀은 어느 곳에 있는가.

부처가 곧

부처가 곧 마음이요,
마음이 곧 부처라 하였는데

어찌 부처 찾아 머나먼 길
돌아돌아 돌아서 가는 걸까

과거의 부처님 이미 가셨고
미래의 부처님 아직 안 오셨네.

원앙이 여유롭게

원앙이 여유롭게 물질하는 호수에
날아드는 기러기가 시절을 노래하네

수양버들 잔가지에 아침이 뿌옇게 머물면
누런 잎은 물 가장자리에 너울져 내리고

물거울 속 흰구름 북녘하늘 등져 가는데
백발 나그네는 구름 따라 발걸음이 느리네.

초가을 맑은 햇살
—산딸기

초가을 맑은 햇살 자분대는 동산
가시 돋은 줄기에 영혼이 맺혀있네

야생의 건강미는 알알이 넘치고
빠알간 정열이 터질 듯이 여물어

아무도 모르게 다가와 깜짝 안아줄
특별한 인연을 내내 기다리고 있네.

불 난 집 방에 앉아

불 난 집 방에 앉아 울고 있는 그대여
화마가 덮치기 전에 집을 빠져 나오게

꿈을 꿈인 줄 알면 잠에서 깨어나고
꿈에서 있던 사연 가슴 태울 수 없네

대도에 길이 없어 문 또한 없음이고
소소영영한 그 놈 그대의 진아眞我일세.

일과 대상에 하나가

일과 대상에 하나가 되는 삼매는
일을 능력과 능률 올릴 수 있겠으나

이 유종삼매는 대상에 매어 있기 쉽고
주객이 사라진 듯 어느 것에도 걸림 없는

무종삼매는 곳곳마다 주인이요
자리마다 진리인 궁극적 삼매라네.

이것은 무엇인가

이것은 무엇인가 보름달처럼 밝은 것
이것은 무엇인가 거울처럼 맑은 것

이것은 무엇인가 바다처럼 깊은 것
이것은 무엇인가 겉도 속도 없는 것

이것은 무엇인가 이름도 모습도 없는 것
나와 너와 항상 함께인 이것은 무엇인가?

인연 깊은 당신과

—벽산 원행 스님께

인연 깊은 당신과 서 있던 뒷뜰에
가지 놓아버린 나뭇잎 쌓여 있고

죽비인 듯 상수리 떨어지는 소리는
똑똑 삼경의 선창을 울리고 있네

앉아 숨 고르니 달빛 또한 한가롭고
오고 가는 것 모두 인연 따름이지만

스님과 이별한 후 그리움 가슴 여미어
시를 지어 외기러기 편에 띄어 보내네.

깊은 인연으로

깊은 인연으로 찾아든 중국 남경
현대식 건물 사이 매화나무 가지에
들새들 모여 앉아 석양을 노래하네

이심전심의 미소가 그득한 자리
법우의 맑은 눈에 다정이 넘치며
독한 술잔을 거듭거듭 권해 오네

여보시게 필묵을 가져오게
자금산 둥근달에 시 한 수 쓰려 하오
이태백 놀던 달에 묵향 젖는 남경의 밤.

돌아오는 길

돌아오는 길 머리 하얗게 세었고
빈곳의 매화 홀로 짙은 향 내품네

어느 곳이 고향집 아니란 말인가
지팡이 머리에 풍월이 춤을 추네.

어느날 보스턴 문수사

어느날 보스턴 문수사 회주 도범 스님께
전화로 안부를 물었네

나 : 안녕하시요?

스님 : 예! 문수사 토굴에 갇혀 지냅니다

나 : 그러시군요 범의 콧수염은 몇 자나 되오?

스님 : 어흥~

나 : 이빨 다 빠졌다 싶었는데 포효는 여전하십니다

나와 스님 : 하하~

불도를 닦는다는 것은

불도를 닦는다는 것은
자신을 닦는 것이다

자신을 닦는다는 것은
자신을 잊는 것이다

자신을 잊는다는 것은
만법을 증득하는 일이며

만법을 증득한다는 것은
자신의 몸과 마음뿐이 아니고

다른 사람의 심신도
탈락 시키는 것이다.

잠시 다녀오리다

잠시 다녀오리다 짧은 말 남기고
떠나신 님 곧바로 열반소식이었네
사람일 한 치 앞 모름을 알고 있으나
다시 만날 수 없으니 가슴이 메이네

가을바람에 밤공기 일찍 차가운 곳
주고받던 선담은 밤 깊음을 몰랐었네
호탕한 님의 웃음 허공에 매달린 체
이끼 낀 석등 삼경의 달빛이 비치네.

* 태일스님은 미국 뉴라이프 헬스 센터의 여러 프로그램에 참여하셨다. 일시
귀국 후, 1997년 음력 10월 18일 갑자기 입적하셨음.

해가 지니 쌓인 눈에

해가 지니 쌓인 눈에 달빛 차가운데
찾는 마음 사라진 방에 달빛 스미네
날아가는 기러기소리 구름을 가르나
서쪽이다 동쪽이다 분별 하지 않네

바다 위의 진흙소는 달을 보고 짖고
구름 탄 목마 울음소리 바람 가르네
바람 없이 파도 이는 바다를 건너와
팔벼개 베고 누워 푸른 하늘 바라보네.

전생의 길동무

전생의 길동무 금생에 다시 만나 도를 묻기에
풀잎 끝 이슬이라 입과 마음으로 두 업을 지었네
매화나무를 손가락으로 가리키며 업을 지었으나
풍진 세상에 꽃향 소식은 여전히 멈춤이 없네

큰 도는 문이 없어 안과 밖이 없고 시공 초월인데
알고 모름마저 비워진 큰 도를 금생에 못 이루면
또 몇 생일런가 삼경에 뿌리 없는 나무 잘 보살피소
너울진 향내음 홀로 앉은 방 벽은 노랗고 꽃은 붉네.

미국에서 제일 오래된

미국에서 제일 오래된 도시 보스턴에
자리를 옮긴 진아眞我 찾는 방편의 도는
다시 태어나기 원하는 이웃들과 함께
나와 너를 초월한 수행의 길이었네

검정머리 백발 되어 흰 구름 떠도는
동산에 다시 올라 깊은 숨 쉬어보니
들국화 향 실은 바람이 옷깃을 적시고
오늘의 꽃세상이 미소로 화답하네.

칠보산 중턱

—보림사

칠보산 중턱 물소리 청량한 곳
들새 떼를 지어 골짝 드나드네
계곡물에 물고기는 뛰어오르며
바위 이끼에 물방울을 흩뿌리네

객사에는 촛불과 달빛 밝히고
고시공부 촌음 아끼는 눈동자들
조석 때맞추어 노승의 낭낭한
예불 경쇠소리 보림을 휘어감네.

망우당 공원 곁

—통천사

망우당 공원 곁 암자 아래에는
멈춤 없는 금호강 도도히 흐르며
구룡산을 뒤로하고 팔공산 전체
동봉과 서봉까지 한눈에 들어오네

아양교 사찰에 가까워 오가기 쉽고
절벽 폭포 무지개 피워 공기 청량한 곳
명당 중에 명당이며 부처님 가피로
생사에 걸림 없는 영험한 기도처네.

일본 백등 선사에

일본 백등 선사에 버금가는
대도 선사가 있었습니다.

도둑질을 한 죄로 여러 번 감옥에 갔고
마지막 출옥할 때는 칠십팔 세였습니다

출소 날 뒷문에서 기다리던 제자의 볼 멘 소리
이젠 도둑질일랑 하지 마세요 이 꼴이 뭡니까

대도 선사의 답변, 내가 도둑질을 하지 않으면
감옥 속 그들을 만나 선 수행을 할 수 없지 않느냐.

눈이 많이도 쌓이던

눈이 많이도 쌓이던 어느 날
당신은 어린 나이에 고무신 바람으로
발목 넘는 눈을 밟으며 아침에 서울을 떠나
해질녘 수덕사에 도착하셨다 했습니다

일엽 스님의 방문을 밀며 어머니!
반갑게 부르는 당신의 외마디 소리에
일엽 스님은 '어머니라 부르지 마라'
당신은 그 목소리 듣고 울고 또 울었다지요.

이제 한 생각 거두시고 열반에 이르신 스님
오고 가심은 진정이옵니까?

* 소중한 인연 일당스님을 그리며.

어느 가을날 통도사

어느 가을날 통도사 극락암에 주석하고 계시는 경봉 큰 스님을 친견하러 갔다.

큰스님 이르시되 '극락암에는 길이 없는데 어떻게 이곳을 찾아 왔는가?'

내가 답하기를 '전삼삼 후삼삼입니다'

큰스님 왈, '정말 그런가?'

나는 대답 없이 합장한 채 침묵으로 미소만 지었다.

얼마 후, 참으로 인자하신 큰스님 명료하게 말씀하셨다.

'이 세상은 멋진 연극 무대다 멋지게 한 마당 연기를 하거라 기왕이면 주연 배우가 되거라'

나는 삼배를 올리고 물러나왔다.

* 1970년 경남 통도사 극락암에서 경봉스님을 친견하다.

몇 십 년을 열심히

몇 십 년을 열심히 수행하던 지웅 스님이 달 밝은 밤 산채 밑 시냇가 맑은 물을 퍼 대나무로 태를 두른 헌 물통에 담아 흐물한 물지게에 매단 채 언덕길을 오르고 있었다.

물통 속 둥근달을 무심히 바라보며 정상에 올랐을 때 헌 물통 밑창이 갑자기 빠져버려 물은 다 언덕길에 쏟아 져 내렸고 물통 속에 있던 달마저 사라져 버렸다.

지웅 스님은 순간 외마디 소리를 질렀다. '내 손은 빈손 일 뿐 손 안에는 물도 없고 달도 없네.'

* 「전등록」 가운데.

푸른 하늘 아래

─세월호

푸른 하늘 아래 라일락이 만발하여
쏟아지는 향은 천상의 지혜향이네

새들의 노랫소리는 봄의 교향악이라
푸른 잎새마다 빗물이 흘러넘치네

조국의 참담함을 전하는 메신저인가
타들어간 가슴 쓰다듬어주는 손길인가

어찌 가슴 아픔을 말로 다할 수 있으리
영원한 천상의 꽃 푸른 연꽃이어라!

그의 열정에 박수를 보내며

유웅교 | 시인

　멀고 먼 이국의 하늘 아래 보스턴 숲에서 이 원장을 만난 건 기적적이라 아니 할 수 없다. 1962년도에 전북대 공대에서 같이 지내다가 헤어진 뒤에 15년만에 M.I.T에서 연구교수의 기회가 있어 1979년, 보스턴에 갔다가 실로 우연히 만나게 되었기 때문이다.

　이러한 인연으로 일 년 동안 이 원장 내외와 자주 만나게 되었고 세계 여러 나라의 사람들이 톰슨 아일랜드에서 세미나를 할 때에 함께 하기도 했다.

이때 이 원장은 우리들에게 세 가지 마음을 갖도록 훈련시켰는데, 첫째는 감사의 마음Thankful Mind 둘째는 용서의 마음Forgiveness Mind 셋째는 아름다운 마음 Beautiful Mind을 어떻게 가질 것인가였다.

특히 아름다운 마음을 갖기 위하여 아침에 일어나서 정좌하고 가장 아름다운 것들을 연상케 하면서 이슬이 맺힌 빠알간 장미꽃이 피어나는 사상도 하게 하였다. 이러한 일련의 수련들이 참으로 놀라운 변화를 주었고 범사에 감사한 마음과 용서하는 마음으로 세상을 다시 보며 살 수 있도록 해주었다.

나는 귀국하여 아름다움을 추구하기 위한 많은 노력 끝에 10여 권의 서정시를 써서 시집을 출간하게 되었고 지금은 동시를 지으며 동심 속에 지내고 있다.

이 때에 이 세 가지 마음이 한마음One Mind이 되어야 한다는 이 원장의 가르침대로 생활하면서 한마음이라는 시를 다음과 같이 쓰게 되었다.

동서가 한데 만나고
흑백이 함께 모여서
마음의 창문을 열고
한마음이 되었던
톰슨 아일랜드의 밤은
멋진 밤이었소

증오심에 불타는 자
육신을 불사르니
용서하는 마음만이
생명의 원천이라며
용서 받는 자의 기쁨보다
용서 하는 자의 기쁨이
얼마나 큰 것인가를
가슴 속에 심어 준
그 밤은 황홀한 밤이었소

신선한 대기오 눈부신 태양을

살아 있는 이 세상의 모든 것을 위하여

감사하는 마음으로

기도하며 사는 삶이

참사랑의 길이라며

가슴을 뜨겁게 한

그 밤은 찬란한 밤이었소

우리들의 가슴 속에

무지개의 빛까로가

한송이의 장미꽃을

명상하게 함으로서

별빛보다 순수한

아름다운 마음을

가슴 속에 뿌려 준

그 밤은 빛나는 밤이었소

남북이 한데 만나고
남녀가 함께 모여서
처음도 끝도 없는 원을 그리며
헤어짐이 아쉬워 눈물 흘렸던
톰슨 아일랜드의 밤은 아름다운 밤이었소.

* 미국 보스톤의 이보인 원장을 추억하며.

—「한마음」

　　이처럼 감동적인 시를 바쳤던 영원히 잊을 수 없는
추억을 안겨준 이보인 원장이 그동안 틈틈이 모아둔 선
시들을 엮어서 세성에 내 놓는다 하니 참으로 감회가
새롭다. 그의 그칠 줄 모르는 열정에 뜨거운 박수를 보내
며 이 세상의 모든 뜻있는 사람들이 이 시를 접하고 의미
있는 삶을 구가할 수 있기를 간절히 기원하는 바이다.

—한국의 전주 화산공원 우거에서
근암 유응교

육신은 자연과 다름없다는 섭리

서천 | 스님

홍제 이보인 원장님께서는 국내 요가의 대가이시며 일본 오끼 요가 수도장에서 수차례 오끼요가와 통합의학 분야를 연구하였으며 일본 고마자와 대학원에서 요가의 명상법과 선을 비교 연구하셨다. 중국 남경 중의대 객좌교수로 재직하며 미국 보스톤 지역에서 새 생명을 위한 센터를 개설하여 통합의학과 자연요법 침술, 한약 상담 등으로 질병 치료를 해 오셨다. 그곳은 중증 질환 환자들이 와서 기적을 이루고 나가니 모든 것이 원장님의 중생들을 위한 자비심에서 일어난 결과라 하겠다.

　내가 이보인 원장님을 만난 것은 약 20년 전이다. 승단에 어른이신 보스톤 문수사 도범 큰스님께서 소개해 주셔서 알게 되었다. 깊은 인연을 맺게 된 것은 내가 지병에 걸려 고생할 적이었다. 병이 생기면 우선 고통에서 벗어나려는 마음으로 병원에서 하라고 하는 대로 따라야 한다. 나 역시 현대의학에 의존할 수밖에 없었던 것은 병의 근원을 치료할 시간적 여유가 없어서였다.

　2013년 가을 건강을 거의 포기할 무렵 이승재 박사로부터 권유를 받아 원장님을 다시 만나 치료를 받으면서 그동안 내가 얼마나 무지했는지를 알았다. '원인과 결과는 하나이다' 이것은 원장님이 자주 하시는 말씀이자 또한 원장님의 철학이기도 하다. 처음과 끝은 연결되어 있는 것으로 보는 것이다.

　나는 뉴욕에서 보스톤까지 차로 운전하여 4시간 혹은 5시간 한 달에 서너 번을 센터에 다니면서 치료 끝에 평생 짊어지고 가야 할 병고를 털어버렸다. 내가 만약 이보인 원장님을 만나지 않았다면 지금 내가 살아 있을지 미지수이니 원장님은 나의 생명의 은인이시다.

이 자리를 빌어 이보인 원장님을 비롯하여 뉴 라이프 센터에서 수고해 주시는 아내 백남례 보살님 그리고 옆에서 치료에 동참해준 한의학 박사 이승재 큰 아들, 따뜻한 마음으로 반겨 준 둘째아들 이정민 가족, 그리고 간호사 케롤에게 진심으로 감사드린다.

그간 원장님과 많은 시간 대화를 통하여 근본을 꿰뚫어보는 안목에 선기가 가득하다는 것을 알았다. 어느 날 원장님께서 그동안 서로 편지를 나누었던 내용을 화제로 삼다가 아주 오래전부터 틈틈이 한 구절씩 써 놓으신 글을 보여주셨는데 손 때 묻은 아이패드에 빼곡이 적혀 있었다.

그냥 느낀 대로 옮겨 적은 내용들이라 하지만 마치 원장님의 삶 전체를 바라보는 것 같아 마음 깊이 와 닿았다. 인간의 육신은 자연과 조금도 다름없다는 섭리를 말씀하시고 마음의 근원이 본래 텅 비어있는 경지를 간단

한 글로 표현해 놓았다. 선시형태로 적어 놓은 것이 무려 300편이 넘었다. 물상에 마음을 올려놓아 때로는 함께 노래하고 슬퍼하며 혼자만의 고뇌와 탄식을 엄지손가락으로 적어 놓으셨던 것이다.

처음에는 이대 암센터 병원장이신 백남선 원장님의 권유로 계간 시집에 몇 편을 올리려 하다 분량도 많고 마침 원장님의 팔순을 앞두고 '자서전 시집' 형식으로 정리하게 된 것이 이 책이 출판된 동기가 된 것이다. 원장님께서는 부질없는 지난 삶 무엇을 남기랴 하시며 반대를 하셨지만 가족들과 지인들의 권유로 출판에 이른 것으로 안다.

나의 건강을 되찾게 해주신 은인 홍제 이보인 원장님의 출판에 진심으로 축하의 말씀 드리며 부디 건강하시기를 손 모아 합장한다.

—2019년 9월, 뉴욕 롱아일랜드 마하선원 주지
서천